記憶の種子

岡本定勝詩集

ボーダーインク

記憶の種子

目次

I

II

Ⅳ

I

少年期

あらゆる色の空が与えられていた
輝く陽や海や島影は永遠のものだし
少年のたましいは
ひたすら光と雨のシャワーを呼吸した
傷つき悔しさにうつむいても
潮に洗われ
白浜の貝のように砕かれみがかれて

千年の砂粒とひとつになった
そうして
精霊たちの夜をくぐり
新鮮な朝に目覚めた

記憶の種子

いつかわからない生命の
出立の時から　たぶんずっと
今年の夏の匂いをたしかめようと
樹の立ち姿や葉ずれの音
雲の流れを眺めている
小さい庭にも
蝶や蜂がとんできたり

小鳥たちの声やはばたきが
屋根をかすめていき
明日へうながすように
影がすばやく流れる
いつかわからない時から
いつかわからない時まで
ぼくらは旅をしている
してみると
ぼくらは幻視の旅に遊行するもの
けれど幻は幾つ積み重ねても
幻のまま

記憶の種子だけが
巡礼のように歩ませている

ひとだまが飛んだ日

子どもの群れが
いつの間にか隣り町まで来てしまった
鬼ごっこか隠れんぼか
とても自由でここちよい空間を
走りまわっていた
夕空がぼんやり重くなっていく時刻
とつぜんひとの頭ほどの火の球が

路地の上空を尾をひいて飛んでいく
ぼうっとふくらんだ炎の球の
重さが伝わってくる近さで
「ひとだまだ！」
口々に叫んでゆび指していた
それは近隣で死んだひとの霊魂だということを
子どもたちは知っていた
たしかに青白い顔の肺を病んだ男が
ひとだまが飛んできた方角に
住んでいたのだった

ぼくはあの日以来
ひとだまを見ていない

渡り

視界にあふれる光と
はげしくぶつかる風と
鼻腔にぬける透明な匂いにひかれて
ぼくの体はすでに上昇気流にのっている
潮の香をふくんだミーニシの冷気が
羽の上を滑っていく
ほんとうはくり返される季節はないから

いつも新たな渡りになる
はじめての空から空
はじめての島から島へ
新しい風にのって
行かねばならない
ぼくの知力ぼくの感情は大きく開かれた
翼のしなやかな形が空気を分けて
空の崖に飛びこんでいく
ぼくは目的があって飛ぶのではない
希望に向って飛ぶのでもない
本能か宿命か知らない

渡りに必要なものは肉体のちから
緻密で繊細な身のこなし
激しく　ここちいい消耗と
甘美な官能と　ふしぎな哀しみが
体をつらぬく
ぼくは運命を受けいれ
なにものかの招きに身をゆだねたから
季節の空と溶けあって
ひたすら渡っていくのである

漂着

島に流れ着いた
浜辺の流木やかる石のように
ひとの暮らしも漂着した
空が映し波が目撃した家族も
やがては季節を越えて
歴史のなかに入っていく
ひとりひとりがいっしょに生きるそばから

独りきりをつくって繫いでいく

空と海と風の応答は
いつもきまっていた
渚の美しい砂や珊瑚のかけらや
すき透る貝殻のように
無数のなかの一粒の
あざやかな存在　ひかる形
死の貌《かお》が
次の岸への手形だというように
だからゆらゆら漂いながら

千年の夢のなかを
漂着するのである

静寂の島

ひとびとは風のなかに住んでいる
海からの風
さとうきび畑をわたる風
陽射しをはげしく散乱させる風のなかに
黒い人影だけが
陽炎のようにゆらゆら歩いている
水平線から島の涯てへ

つーんと刺さる光のなかで
静寂がはがねのようにぼくをつらぬく

珊瑚石の低い石垣に囲われた狭い路地が
沈黙をささやいているが
なんだろう　小石を投げたような音が
ときどき鳴り響くのは
あらゆる存在が
虚無の固りのようにうずくまり
時間はひかりの粉になって漂っている
ひとは真昼の静けさのなか

息をひそめているようだが
この悲哀はどこから来るのか

ぼくは見覚えのある路地から路地へ
足音をしのばせて歩いていたが
異界にまぎれこんだような
浮遊感にみたされ
白くのびている島の道という道に
ふぶくように舞っている
光と風の世界に吸いこまれていった

聖地

蛇が岩穴に滑りこみ
百足が岩を掴んでいる手のすぐそばを
走っていく
身を削ぎ落してごつごつした
石灰岩の険しいルートを登ると
樹の根が岩にしがみつき
上空を鳥がかすめ飛び

蝶のつがいが漂うようにやってきたりする

頂きは東西と南北に
するどく風を放ち
海原の涯てに消えていく
視えないサインを送っていた
だが高みに吹かれているのは
白日夢の庭　神聖な虚無にちがいない

おそらく女人の荒い息づかいは
過剰な言葉を酷使して

ゼロに近づこうと
自ら体を揺らして虚空へ危うくのめっている
陶酔の固りとなり　解き放たれ
反復の魔　終りのない始まりが流れだす

原始海原をざわざわかき分けて
突き立った岩山の頂きは
いつか島の北の涯ての聖地となり
透明な風のなか
真空のめくるめきのなかに
あっけらかんと座っていた

II

家族の境界

愛も見えず
愛の不在も見えない――というかのように
季節はやさしげに　だが
冷酷に過ぎて行く
ぼくは漠として座り
見つからない言葉を探すふうに
暮らしのなかを

低くかしいだ船のように流れている
たがいに語りかける言葉は
狭い迷路をはかなげに歩き
だれもが知らずに乗った
漂流する船にちがいなく
ためらいながらやさしく
ふるまうしかない
ああだれもが誕生の瞬間の慄きを憶えていて
だから家族を探しているのだ――というかのように

幾十年もくり返し

砂の崖を爪で削るように
たしかな生命の形を描こうとするのだが
せっかく会った親愛な者の手は
それぞれが持ち寄った
かなしく赦しあっている
穏やかな境界を掴んでいるだけだ――というかのように

日曜日

日曜日はどこへ行こうか
どこかへ行かなければ
悪いことが起こるかもしれないという
かすかな不安とか妄想とかに
けちはつけられない
森とか海とか
いごこちのいい街の喫茶店とか

日曜日は忘れていたうれしい時間の
届けられる小包みか
幼い頃の遊びの記憶
ひとびとのなぐさめの
未来への日記のように
日曜日がやってくる

さてどこへ行こうか
うす暗い迷路から
吹きこんでくる重い風のように
日曜日はやってくる　あるいは

空白のカレンダーのなかで
とてもあざやかに印された
ゆらゆら揺れるまぼろしの
執行猶予の日のようにやってくる

ドライヴの日

ドライヴで遠出して
海岸に出ようと
田舎道をうろうろしていると
真新しく舗装された黒い道路に人影はなく
ようやく見つかった老人が
ふらふら近づいてくる
血色のわるい彼女は

危いのに道路を渡ってきて
しんから親切に教えてくれる
道を尋ねられたことが
降って湧いた出来事のように
からだを震わせて精いっぱい応えてくれる
ぼくはわるいことをしたような
恥ずかしいようないたたまれない気になり
あわててクルマを走らす
おう　五月の明るい空と
芳しい風のなかで
どうしてひとは哀しく出会うのだろう

鬢のほつれが激しい寂しげなひとと
彼女には別の生き方がなかったのだろうか
いきなりぼくはあらぬことを
胸のうちで口ばしっている
だがぼくは愚かにもすぐにさとる
いまある生に別の方途などありはしない
そうして受け容れる
ひとの暮らしに非のうちどころはないのだと——
偶然出会って道を尋ねた老女に
寄り添うことが今日という一日を
かすかな傷みと安堵のなかに

過ごすことができるだろう――

なんとかたどり出た海岸は
海風がいきなり髪を乱して騒ぐ
小さい人工ビーチで
思いもかけず
沖には白波がたっていた

父のシーン

父はいつもキセルで煙草をふかしていた
骨のうきでたインドの老人のように
暑い夏にはふんどし姿に近い格好で
横になったままキセルの灰を叩き落した
その〈ひと〉の姿は
やさしさと悲哀をただよわせ
時間の流れを体にまとって

うすく輝くような空気を放っていた
明治の男はたしかな輪郭をもっていたというのだろうか
体を折りまげるように咳をしながら
煙草を手離さなかった
彼はただ生業に身をまかせ
くらしを受け容れているように見えた

幼いぼくはしっかり視ていたような気がする
〈生〉とはなにか
年齢はただ積もっていくけれど
それはなにかを深い水の底に

沈めていくのだということを

ぼくは父のこころを　ついに
思いやることはできなかったが
〈ひと〉を知ることはできた
ぼくは遠く去ってしまった
彼のあざやかなシーンから離れることができず
吹きよせられた水面の浮き屑のように
揺らいでいるばかりだ

港の風景

小型漁船がときどき出入りしたり
行儀よく並んで岸壁につながれている
開けた港の空間に
海のものを料理して食べさせる
魚売り場と食堂が同居した
雑然とした建物のなかで
立ち働く人々の喧騒をかき分けて

刺身とアーサ汁を注文して
家での食事よりも快活に食べている
ぼくと妻は同じテーブルで向き合い
同じ時間のなかで
同床異夢ではないけれど
別の言葉と　同じ思いの世界を
往ったり来たりする

建物を出ていくと
波止場の海風が
ぼくらをのけものにしないで

そこらに登場したひとびとといっしょに
ゆたかに包みこんで
時間を揺らして流れをつくっている
ぼくらは漠とした虚無につつまれた
やさしさと自由さで
なにやら生き生きとふるまっている
高い空と潮をふくんだ風は
そのことに驚くことはないと教えているし
漁船の帆柱のゆったりしたリズムの揺れと
ときどきやってくる海鳥が
それぞれに

視えない台詞をつたえている

母の肖像

二坪ほどの雑貨屋の軒先の
せり出した手作りの棚に
仕入れてきたわずかな季節の野菜を並べ
ガラス張りの陳列棚には
缶詰の類を積んで並べ
その上に子供のための駄菓子を
ガラス箱につめて並べ

小さな冷蔵庫にはコーラやジュースを
ぎっしりつめて商っていた
暑い盛りには
店わきの入り口のがじまるの影で
椅子を持ち出して通りを眺めながら
長い時間涼んでいた
ゆったりと　どこか寂しげに
小柄でがっしりした体を
洗いざらしの古い芭蕉布の着物で包んで――
時は過ぎていき思いは置きざり
記憶の片々がそこに舞う

もはや昭和は遠くなりにけり
と言っていいのだろうか
あの偏平な街の一隅に
ささやかでもダイナミックな時間があり
ひとがありのままのサイズで生きていた
くらしが憂いに浸され
傷みにふるえても
生きるふるまいがしっくり身になじみ
それを街の空気が包んでいた
あの日々の風と陽の温もりは

街の地面の一枚下に
ひそかに横たわっているにちがいない
いずれ考古学の地層になるだろう
闇の場所に

母の貌《かお》は
薄れた水彩画のように
喪われた街の風景といっしょに
風と陽のさらさらと輝くまぼろしのなかで
静かに浮き沈みしている

盆の日

妻と　久しぶりに会う息子と
街に点在する親族の仏壇を
忙しくまわりながら
暑いさなかに少ない言葉をかわして
それぞれにふるまうのは
時間に背中を押されているからではない
たとえばやさしさと孤独が

遠い肉親の影を求めて
美しい線をつなぎとめようと
透明な体液を流しているのか
血は赤くはげしく波うっても
からだは危ういバランスをとりながら
長い長い寂寞とした系譜の流れの
波長をささえようと
努力しているのだろう
三つのからだと魂は
島をつつんでいる空から
青い潮風にうたれながら

舞いおりる鳥のように
横断舗道を互に少し離れて横切っていく
ふしぎな動物の歩行を見るように
みずからを見ている

少年は駱駝のように

少年は駱駝のように
遠くをみつめる
その瞳のひかりが自分を照らしている
きみの夢や希望のかけらたちが
砂漠の砂のなかから
碧い水となって湧いてきて
黒い瞳の空にしぶきをあげる

それは祭りであったり
戦争であったりする

砂嵐の季節に行方知れずになった者や
一面に咲きひろがる草花の季節に倒れた者たち
どんな季節にも約束はない
だからきみのめざすものは
きみにふさわしいまなざしや
歩行にすぎない

けれど長い流浪の果てに

老いて脚が骨のように削られても
きみはやっぱり駱駝のように
遠くをみつめ　夕映えの砂丘を
美しいシルエットで
風のように走る
その時広漠たる空から響いてくる言葉を
手のひらに受ける
自分とはなんだったか
自分をこの世につないでいたものはなにか

世界は高く青く澄んだ空をもち

地平線はオレンジ色に燃えていた
きみがその中心を独りで
遠くまで行って還る歩みは
虚しさにちかいのに

III

ミロの黒

ミロの黒は風のなか
はばたく岩
歌の羽　あるいは
内臓のかたち
黒と赤と白といのちが
美しく愉しく
ただ在るだけの

遊んでいるあかるさ
ミロはしあわせ　だから
村人たちは集まってきて
ミロの仕事をのぞきこむ
でもやがてひとびとは無言で帰っていく
自分のくらしの暗いところへ
ミロは黙って
ひとりかなしく首をふる　でも
夕暮れまでキャンバスに黒を置きつづけ
暗黒は死んだと叫んでいる
ミロの黒は太陽！

ミロを見ろ
黒と赤と白
それでいい
見ろミロ

未来のゴッホ

ゴッホは笑う
筋肉りゅうりゅうとして陽にやけ
赤銅色にはずんで
全身で笑う
こころの病を冷静な肉体に変え
多くの人々に囲まれて
街の大通りを行進する

未来のゴッホは自ら死にはしない
彼はゲリラのようにふるまい
異界の黒いおどりを踊る
彼は笑い
道ばたの赤ん坊を抱きあげ
愚かな喝采をあびる
彼はついに聖者にされ
狂者のように笑う
そうして　あいも変らず
厚塗りの絵の具を浴びせかけ
巨大な筆をふりまわして

真正な夢を描いている

動物園のキリンに会う

キリンの頭は王冠のツノをもち
長すぎる首には
さわやかな夢が波うっているらしいのだが
歩くとゆらりゆらり揺れるので
その夢がなんだかよく分らない

キリンの眼は透明な涙でいっぱい

すべての風景を水で浸している
マシュマロのような唇は
さざ波のように動いて
最も正しく草を喰《は》む

洒落た茶色の網目模様をまとって
長い脚をゆっくり運びながら
憂いと哀しみの染みこんだ
澄んだ言葉を語りかけるキリンよ
きみは美しい遙かな大陸の使者として
やさしいあいさつを

送っているんだね

IV

流離の街

記憶の街の通りに入って行くと
薄れかかった悔恨と悲哀と
淡い親和の世界が
鼻腔の奥に流れこんできて
ぼくを捉える
真和志地区
那覇の中心街から背後に広がる

偏平な街の物語が
遠くからめくれてくる
あの日々はなんだったか
ぼくは身のほどの過去と
現在の靄の中で
熱をはらんだ幼虫のようにさまよい出る

市場を囲む這いつくばうような瓦屋根の
すこし愉しんでいるふうににぎやかな
粗末なつくりの家並には
自分の体臭のような親しげな気配が漂い

いつもうつむきかげんに
笑顔をみせる人々の暮らす
狭い路地のがたぴしする階段が続いていたが
ぼくは「革命」という言葉に体をこわばらせ
なぜか暗い心で
ビラを投げ入れて走った
小便臭い土間に長椅子を並べただけの映画館や
表通りからひきこまれた路地の数々に
流れていた湿った匂いよ
バス停留所から下る坂の途中の書店に立って
寒々と背中をちぢめていた孤影よ

巨きな幻もわが身の影もごっちゃになって
痩せてくすんだ幻想を湧きたたせ
赤くほてった希望をせきたて
身を細らせた季節
その時世界はどんな色の空に
おおわれていたのだったか
白日夢を駆けぬけて消えたはずだが
今もときどき
故郷に呼びもどされる浮浪者のように
独り言に誘いだされて

灰になった一枚の写真を探して歩いている

静かに冷酷な時間は現在《いま》を廃れさせ
過去を露わにするけれど
あの季節の街に回帰するのは
通過儀礼だというように
時代の入り口から出口へ
いつだってひとは通りぬけるのだ

夏の夜のツイスト

「ハートブレイクホテル」にあこがれ
ぼくらはツイストを踊っていた
なぜかとても悲しいこころで
きっとみすぼらしいかっこうで
街のあちこちにできたにわか作りの
うすら寒いダンスホールにたむろして
少してれながら少しやけになりながら

こわばってステップをふんでいた
がらでもなくダンスなど
むしろみじめでしかなかったのに
けれどもひとは弱くかなしい
暗いこころが少しづつぼくらを溶かし
青白いネオン灯の下で
ようやく日々を歩ませていたのだ
なぜかうすら寒い夏の休暇の夜――

六月の顔

呆《ほう》けたように赤花は咲き
陽射しはあふれ
あらゆる色彩が踊るように侵入してくる六月
上気する体は
言葉を喪っている
その時　深く充分にやけた皮膚と
大きなしわを震わせて

老女はカメラに応えている
〈この季節の光は影さえつくらない
照りかえす闇の中で
わたしの言葉は聞こえない
この空に悲しみは吸われた
洞《ほら》を満たす言葉も沈黙もない
世界は洞だから〉

ひと言ふた言訥訥《とつとつ》としゃべると
彼女の顔はやわらかく笑うように溶けだし
ブラウン管をあふれだす

〈世界はわたしにつり合うか？〉

母はやがて老女となれば
死者たちを拉致し
この美しい季節をふところにくるんで
世界を所有する
むしろはればれと死んだ言葉を唱える人々と
悲しみにちぢむ人々の
脇腹の奥ふかく隠された言葉を
うす暗い口にのみこんで
電波のしぶきをかき分けて

彼女は立ち現われる
〈わたしの顔は鮮やかに刻まれる！
　空に映る巨大な画面に
　深く骨ぶとに〉
そうして濃いみどり色の息を
南の低い山野の広がりに向って吹きかける
わたしは独りで世界と対峙して
風のように抱きすくめているんだと――

ニュースの淵

幼児を殺害して自ら携帯電話で伝えてきた犯罪者Aは今日裁判にかけられた
数年前に逮捕された幼女連続殺人犯のBは獄中でテレビの映像を見ながらAを
「やさしい人にちがいない」と言い放ったという
小学校を襲って複数の子供を殺害した犯罪者Cはすでに死刑にされた
いわゆる猟奇的に少年を殺した犯罪者Dは現在普通の市民社会に復帰していると
いう
AもBもCもDも

ぼくらと同じ時代の〈ひと〉にちがいない
けれどだれも彼らの心を知らない
おそらく彼ら自身も
彼らの魂は視えない小石のように
捨てられた
けれどその時世界もまた捨てられたのだ
同じ時間を生きているぼくらも
視えない網にかかった魚のように
苦悩の淵にもがいているにちがいないだろう
なぜなら　それがすべての喪失をしょって
地蔵さんのように

灰色の背中を見せながら
暗い霧の中に消えていった
幼い多くのいのちを
発見することだろうから
いずれ高貴な魂も　病んだ魂も
他界の空の雲の片々になって
ひとしくさまようだけだとしても――

はだかの酔い

久しぶりに会う友と連れだち
狭くうす暗いバーで
酒を汲みかわしていると
うっすらとはだかになってくる気配がある
ふと気づけば
顔や手の甲のしわや老人斑
眼にすくう涙のかす

そんな視線をみずから払って
深さにくじけるように
若年の記憶の井戸をはいのぼる
店を出て狭い路地で腰がふらつき
足もと危うくよろけるはずみに
虚空に手を伸ばして　なにやら
さびしい言葉を書きつけている

夕闇の街に出ていくと
重く切なく胸にぶらさがる固りが
後をついてくる

痩せたはだかの男たちが
いつの間にか
幾枚もの布でからだを隠してふらふらゆれていく
次の酩酊の席へ　だが
ついにはだかは比喩にすぎず
はだかの重ね着に細っていくと
はかなげな幽霊のように浮んだ背中が
街の夜景のなかに
ちりぢり消えていくようだ

残留する者

離反しているつもりが
遠くへさすらうことができない
ほんとうはどうなのか
自分でも分らずに
思い出せないものを探すふうに
街の隅をうろついている
六〇年代　導かれるように出会って

傷ついてうっ屈し
消すことのできない不信の
曲りに入っていった群れの
腹鰭のあたりにしがみついているのか
いやいやそんなたいそうな
暮らしのなかでは
だれでもかたくなな胸のうちはあるし
とりかえしのつかない錯誤があるだけだ
だからいつまでも悔恨の絵の具を
からだに塗って
ひっそり出かけようとする

それでもなお
拒絶と不信になじんできたのか
ためらいながらしわがれた声で呟く
みずから残留する者だと――

護岸にて

なぜかここちいい風だけが赦してくれる――と
つぶやくように海風に吹かれて
なつかしい船着場を歩いた
景色は一変したけれど
陽射しや風は変わらずに流れている
二十数年も前に住んでいた街の
はずれの海岸

陸に上げられて錆ついた船体や
油で汚れた地べたの匂いに磯の香がまざって
ふっくらとした温もりが包んでくる
たよりなく溶けていく気分が
やってくるだけなのだが
なにを赦してくれるというのか
過去は無数の悔恨を刻んでいて
いたみが尾をひくように刺していた

青い空に浮んで止まっている雲
遠くの防波堤に釣り人がひとり

あくまでゆったり流れる時間の
絵になりそうな午後三時
弱って倒れかかった防潮林のわきで
鳩が数羽たむろしていて
近づくとばたばた飛びたつ
ぼくは廃棄されて埋めたてられた
今は残骸となって長々と横たわる古い護岸の
陽射しで温まったコンクリートの上に
あおむけになった

背中が温まってくると

時間は重力をうしない
遠く古い時間と重なって
空白が全身を満たすように
かるくあいまいにしていく
すると
ぼくのなかに小さい時間が残されて
石のようにたしかに赦されていたのだ

恢復期

壊れかかったなにかが
神経系をこすりつけ
骨の粉を削り落とすように責めたてた
見はらしのいい全面ガラス張りの六階病棟で
毎日海を眺めていた
透明な風がいつも水平線の高さで
足ばやに通りすぎ

くるまの往来が眼下の道路を
刃物のようにカーブした
あれはぼくのなかで
めいっぱいふくらんだなにかが
曲りきれなくなった時の
季節の陥没だったか

病室の窓から高い煙突が見え
石油精製工場のガスの炎は
ユラユラゆれ飛んで
花のゆらぎのように見えたり

形の定まらない鳥のように見えたりした
ぼくがあやういのか
ひょっとして世界があやういのか
時間は視えない壁がくずれるように
ダイナミックに動いていた

窓から見えるガソリンスタンドの
くるまの出入りとおもちゃのようなひとの動きは
見ている存在と見られている存在を
たしかなモノだと教え
ぼくはそのふたつの境界から立ちあがり

浮遊する視線だった
世界に属するとは
世界と非世界の境に
めまいのように佇むことか

ようやく歩きはじめたこころが
神経系をたぐりよせ
目と耳を海の上空に
穏やかに遊ばせるようになると
病院を出て近くの農地にかこまれた
集落の路地を散歩するようになった

目を道ばたの草や虫に近づけて
リハビリの意志につないだとき
病棟に群れている人々の動きが
塑像のように視え
自分の像と重なって　そこから
恢復の足音が
訪問者のように近づいていた

夢の葉

夢みた
夢を捨てきれずに
昆虫のように
古くなった夢や死んだ夢のぬけ殻を
ぶらさげている
はずもなく
それでも　たしかに

妄念の扉をこじ開け
できるだけ荘厳な荒野の落日を
めざして歩いているのか

苦悩はそれぞれの
汗の染みこんだ靴の形に固まり
旅の軌跡の行方を印している
行き倒れの悲哀なんて
虚無のポケットにねじこんで
犬のように吐き出しながら
きみとぼくは

ユーラシア大陸の
ユーカリの並木に吹く風にとばされて
夢の葉になる
夢を見るのである

あとがき

　ここ数年自分が向きあってきたものがなんなのかみずから問いかえし考えてみても、あいまいでたよりない感想しか浮かんでこない。そんなことからか日頃ノートに書き溜めた文章のなかから詩だけを集めてみようと思いたっていた。作品を恣意のおもむくままに選択していくうちに、自分史ふうになってしまったのは自然な流れだったと思う。その結果が精神史ふうな顕示になっていないか気になるが、全体としてはこんなものだろうというところに落ちついてしまう。

　二〇代に私家版の詩集を作ったが、それ以後長い長い時間を歩いた生業の間には、作品集を作るちからは湧いてこなかったと言える。自由な時間が多くなって、ひとりきりの部屋に入りこむことができるようになると、固い種子のような記憶と彷徨の時代の残照と現在が、つよく自分を挟撃していることに気づかされた。その強度は予期せぬほどだった。

〈私〉を覆いつくすこの長い時間は、共同の幻想が希望を与える灯のようであった時代から、激しい社会の変化が個を襲って喪失感を蔓延させている現在までの過程と重なっているはずだが、いずれにしても言葉は生活の現場とその周縁からしか産まれないからこれが自分だと認めざるをえない。

だからという訳ではないが、この間ぼくの最も近くを生きてきた妻と息子にこの作品集を贈ることにしたいと思う。

なお本篇の中の五篇は、東風平恵典さんの主宰する『らら』誌に発表したものを再録した。出版の労をとってくれた宮城正勝さんとともにお世話になった。感謝の意を記しておきたいと思う。

二〇〇六年二月
岡本　定勝

岡本　定勝（おかもと・さだかつ）

1937年　宮古平良市生
1969年　詩集「彩られる声」（私家版）

記憶の種子　岡本定勝詩集

2006年4月10日発行

著　者　岡本　定勝

発行人　宮城　正勝
発行所　（有）ボーダーインク
那覇市与儀226-3
電話　098-835-2777
印刷所　でいご印刷